恩師の市川安司先生は、「講釈ではなく解釈をしなさい」と仰有ておられましたが、「老子が言っているのは、こういう事だ」という説明は読者には不要で、読者が考えればいい事だと思います。孟子が「人の患は、好んで人の師と為るに在り」と言っていますが、老子の言葉を借りて註釈者が自説を主張するのは如何なものでしょうか。

司馬遷は、老子の信奉者と儒学者たちとの対立に就いて述べていますが、必ずしもそうではない様に思われます。中国では、儒教・仏教・道教の三つが融合した思想さえも生れている様です。


ここで私事に関する事を記すのを御許し下さい。

今年（二〇一九）、私は数え年九十三歳に成りました。一月早々ですが、私の体調の変化に娘が気づいて安藤ファミリ・クリニック院長先生に報告し、安藤先生の指示で、狛江市の東京慈恵医大第三病院に緊急入院しました。肺炎でした。二月の末頃に退院できましたが、脚がすっかり弱って、三月は外出せず、四月は娘に連れられて三回ほど外出しただけでした。視力もすっかり弱って字が綺麗に書けなくなりました。

はじめに

本書は、中国古典『老子』の現代語訳です。本文は丁仲祜（ていちゅうこ）注『老子道徳経箋注』（広文書局）の本文に従い、訓読は伝統的な読み方に従い、表記に際しては、送り仮名は歴史的仮名遣いで、字音の振り仮名は現代仮名遣いに従いました。なお、本文の漢字は活字に無い様な特殊な字を除き、右の『集注』の文字を其の侭に読みました。

訳に際しては、『道経精華・上巻』（時代文藝出版社）所収の張煥斌（ちょうかんひん）訳註「老子」の註釈を参考に致しました。

『老子』の註釈書は、中国でも日本でも多く存在していますが、尽（ことごと）く参照していれば訳に成らず、本書の訳は『老子』の一つの解釈だと見做（な）して下さい。

従来の『老子』の註釈書は、ともすれば註釈者の学者が本文に自己の見解を入れて有って、どこ迄が『老子』の本文なのか分りにくく成っている場合が有ります。本書では、『老子』本文そのままの訳を試みました。

全訳　老子

田中佩刀

明徳出版社

はじめに

此の年齢になって、今更ながら父母が恋しく思われます。結婚して母が亡る迄の十六年間は小金井市の公団住宅で暮しましたが、ここで娘の知子と息子の利明とが生れました。妻の絢子は、「知子と利明とは私の大事な大事な宝物なの」と言っていますが、子供たちは私にとっても宝物です。妻は私の父母を良く介護し、私の研究生活を支えてくれ、子供二人を立派に育て上げました。今は子供たちは社会人に成っていますが、私や妻の面倒を良く見てくれています。

何十年も前から今も交際している知人友人教え子の皆さんは、私にとっては大切な人々です。また、退院後の私の日常生活の面倒を見て下さっているヘルパーさんやセコム訪問看護の皆さんには感謝しています。

最後になりましたが、私の原稿を採り上げて下さった明徳出版社の佐久間保行社長と汚い文字の原稿を判読して下さった印刷所の方々に感謝申し上げます。

令和元年五月

田中佩刀識す

目次

目　次

全訳 老 子

解題

『老子（ろうし）』という書物は、老子（ろうし）という人が書いたものだと伝えられています。古代中国の前漢（ぜんかん）の時に、司馬遷（しばせん）が著した『史記（しき）』の「老荘申韓列伝第三（ろうそうしんかんれつでん）」には、次の様に記されています。

老子は、楚（そ）の苦県（こけん）の厲郷（らいきょう）の曲仁里（きょくじんり）の人である。姓は李（り）氏で、名は耳（じ）で、字（あざな）は伯陽（はくよう）、諡（おくりな）（歿後に呼ばれた名）を聃（たん）と言った。周（しゅう）の国の守蔵室（しゅぞうしつ）（書庫）の役人であった。或る時、孔子（こうし）が周に往って、老子に礼（れい）（国や個人の守るべき道徳）に就いて教えを乞うたことが有った。

老子が言うには、「貴方（あなた）が論じていること（先王（せんおう）の道）は、そういう昔の人も骨も朽（く）ち果てていますよ。ただそういう人の言葉が残っているだけですね。そして君子（くんし）（人格者）は、運が良ければ、立派な馬車に乗る身分に成り、運が悪ければ、枯れた蓬（よもぎ）が抜き去られる様に世間から身をひそめるのです。私はこんな事を聞いていますが、裕福な商人は、多くの商品を倉庫の中に所蔵しているのに、何も所蔵していない様にしているし、君子は立派な教養や人格を身につけているが、その顔つきは愚か者の様に見える、という事です。貴方の其の高慢な顔つきと物欲し気な様子と勿体ぶった立居振舞と我が侭な気持ちを捨てなさい。そういう事は、貴方にとって何の利益も有りませんよ。私が貴方にお話するのは、こんな事だけですね。」と言った。

孔子は老子のもとから立ち去った後に、門人達に言うには、「鳥が空を飛ぶことを私は知っているし、魚が水の中を泳ぐことを私は知っているし、獣が走るのを私は知っている。走っている獣は網で捕えることができるし、泳いでいる魚は釣糸で捕えることができるし、空を飛ぶ鳥は糸をつけた矢で捕えることができるのだ。龍に就いては、龍が風や雲に乗って空高く上って行く様子を知ることができない。私は今日、老子を見ると、まるで龍の様であったよ。」と言った。

老子は虚無清浄な生き方を身につけていた。老子は身につけた学問を隠して、自分の名前が世間に知られることが無い様に心がけていた。長い間、周の国に住んでいたが、周の国が衰えて行くのを見て、そこで周の国から去ろうとして、玉門関まで来たが、関所の役人の尹喜は、「貴方は今、身を隠そうとしていますが、どうか私の為に本を書いて下さい。」と頼んだので、そこで老子は書物の上篇下篇とを著して、道徳の意味を五千字余りで説明して立ち去ったのであった。老子が何処で一生を終えたのかは、分っていない。（下略）

「老荘申韓列伝」には、老子の歿年を、百六十歳余りとか二百歳余りとか記していますが、聊か信じ難いことです。

また、老荘申韓列伝には、「世の、老子を学ぶ者は則ち儒学を絀け、儒学も亦、老子を絀く」とも記しています。

中国の学者は、老子という名に就いて、「老先生」という呼び方だったのだとしたり、老と李とは古音では同じであったとし、耳は聃を謬って写したものだとしていますが、老子は伝説中の人で、いろいろに伝えられて来たと思われます。

『老子』という書物の成立に就いても正確には分りませんが、老子という人が自分の考えを述べている内容で、第七十章の冒頭に、「吾が言は甚だ知り易く」と有ります。『荘子』や『列子』などの様な説話集ではないことも特色と言えましょう。

『老子』書の内容は八十一章から成り立っていますが、此れを二つに分けて、第一章から第三十七章までを道経、第三十八章から第八十一章までを徳経としている本も有ります。なお、各章の内容の長短は不揃いです。

細かい点では、例えば関令（関所の役人）の尹喜がいた関所は、玉門関とも函谷関とも散関とも推定されています。

印刷技術の無い時代の書物ですから、書写の際の誤字その他の誤りが有ることとは思いますが、私は現在まで伝えられて来た形を尊重して解釈しようと考えています。専門学者の時折り、後世の人の竄入だとか、此の字は何の字の誤写である、というような指摘には成る可く従わない様にしたいと思っています。

なお、『老子』に関する書物を紹介して置きます。

- 丁仲祜箋注『老子道徳経箋注』広文書局
- 張清華『道経清華・上巻』時代文藝出版社に所収の張煥斌訳註「老子」

・『国訳漢文大成・第七巻』（老子・列子・荘子）国民文庫刊行会
・『新釈漢文大系・第七巻』（老子・荘子（上））明治書院
・李成根（りせいこん）『謎言葉の書　老子』明徳出版社
・趙妙果（ちょうみょうか）『道徳経を学ぶ』明徳出版社
・楠山春樹『老子のことば』（MY古典シリーズ）明徳出版社・発行 斯文会

※　　※

本書は老子全章についての筆者（田中）による訓読文・現代訳です。
また、〔関〕は解釈に関する説明などです。

以上

老子道経（老子上篇）

第一章

道は、道とすべきは、常の道に非ず。名は、名とすべきは、常の名に非ず。名無きは天地の始めにして、名有るは万物の母なり。故に常に無きは以て其の妙を観んことを欲し、常に有るは以て其の徼を観んことを欲す。此の両者は出を同じくして名を異にす。同じきは之を玄と謂ふ。玄の又玄は、衆妙の門なり。

道というものを私（老子）が考えて見ると、道（宇宙の法則）と呼ぶべきものは、ありふれた（儒教の）道徳のことではない。名というものを私が考えて見ると、名（万物の名称）と呼ぶべきものは、ありふれた（儒教の）物の名前ではない。名が無い状態は天地が始まる前の状況で、名が有る状態は万物の区別ができる様になったので、万物の区別を生み出す母体となっていると言える。だからいつも無い状態はそれで不思議な働きを見たいものだと思われるし、常に有る状態はそれで其の仕組みを見たいと思われるのである。此の、いつも無い状態といつも有る状態とは、同じ天地の条件から生れ出たもので、呼ばれ方が異なっているもので、そういう状況を玄（奥深さ）というのである。玄の更に玄をと突き詰めて行くと、あらゆる不思議な状況を見ることができるに違いない。

〔関〕丁仲祜の「箋注」の第一章の章名の見出しの下には割り注で、「此の章は全経の大旨を包括す。此の章に通ずれば則ち全経に通ずべし。」とある。

同書の本文の割り注には、道を「真常不滅の道を謂ふなり。」としている。その場合の解釈は、「世間で人々が考えている道（仁・義などの道徳）は、真常不滅の道徳ではない。」という解釈になる。『老子』に常を用いた熟語が散見するが、真常不滅の意味に解されるのが此の場合だけと考えられるが、私（田中）は通常という意味に解釈したのである。

万物（あらゆる物）が生れ出る以前は、無（何も存在していない）状態であったし、万物が生れてから、それぞれに名が附けられたのである。

第二章

天下、皆、美の美たるを知る、斯れ悪なるのみ。皆、善の善たるを知る、斯れ不善なるのみ。故に有無相ひ生じ、難易相ひ成り、長短相ひ較べ、高下相ひ傾け、音声相ひ和し、前後相ひ随ふ。是を以て聖人は無為の事に処り、不言の教へを行ふ。万物作りて辞を為さず、生じて有せず、為して恃まず、功成りて居らず、夫れ惟居らず、是を以て去らず。

世の中の人々は皆、美しいものを美しいと分っているが、美しいものが有るから醜いものを生み出していることは知らない。人々は皆、良い行いが良い行いであることを分っているが、良い行いが有るから悪い行いを生み出していることは知らない。従って、有（存在するもの）と無（存在しないもの）とは互いに生み出されているものだし、難しいものと易しいものとは互いに成立するものだし、長いものと短いものとは互いに長さを比較するものだし、高いものと低いものとは互いに高さを較べるものだし、楽器の音と人の声とは互いに音を合せあうものだし、前と後とは互いに場所を譲るものであること等に気がつかないのである。そういう訣で、聖人（最高の人格者）は、何もせず自然のままに身を置いて、言葉には出さずに人々を教えているのである。万物は創造されながら何も言わないし、万物は生み出されても何かに所有されることは無く、物を生み出しても其れを自分のものとして所有せず、仕事の成果を見ても、自分の仕事の結果と主張せず、仕事の成果を自分の功績として主張したりせず、そういう事で功績を失うことが無い。

第三章

賢(けん)を尚(たつと)ばざれば、民(たみ)をして争(あらそ)はざらしめ、得難(えがた)きの貨(か)を貴(たつと)ばざれば、民をして盗(とう)を為(な)さざらしめ、欲(ほつ)すべきものを見ざれば、心をして乱れざらしむ。是(ここ)を以て、聖人の治(ち)は、其の心を虚(きよ)にして、其の腹を実(みた)し、其の志(こころざし)を弱くして、其の骨(ほね)を強くし、常に民をして無知無欲ならしめ、夫(か)の知者をして敢(あえ)て為(な)さざらしむるなり。無為(むい)を為(な)せば則ち治(おさ)まらざる無し。

賢明な人を尊重しないならば、人民たちの間で功名を得ようと争う者も無い様にできるし、手に入れるのが難(むつか)しい様な財宝を貴重なものとしなければ、人民に財宝を盗む様な事をさせずにし、欲しいものを見なかったなら、人民の心が乱れる様にはさせないのである。そういう訣(わけ)で、聖人が政治を行なうと、人民の心を冷静にして、日々の生活に満足させ、人民の欲望を抑(おさ)えて、身体を丈夫にし、どんな場合でも人民たちが知ろうとせず、何かを

得ようとしない様にさせて、聡明な者には決してできない様な政治を行なうのである。無為（自然な状態）の政治を行なうならば、世の中が治まらない事など無いのである。

第四章

道は沖しくして、之を用ふるも、或は盈たず。淵兮として万物の宗に似たり。其の鋭を挫き、其の紛を解き、其の光を和げ、其の塵に同じくす。湛兮として或は存するに似たり。吾は誰の子なるかを知らず。帝の先に象たり。

道（宇宙の法則）は沖しく（空虚に）見えて、此れを利用しようとしても、利用できない場合が有る。道は奥深いもので、あらゆる物の根源の様である。道は剛強なものを抑えつけ、紛争を解決し、その光の様な智力を包み隠し、周囲の塵（平凡な人々）の中に溶け込んでいる。深く湛えられた水の様に存在しているように見える。私は道が誰から生れ出たものなのか知らない。天帝よりも先に、天地のまだ開ける以前に存在していた様に思われる。

第五章

天地は仁ならず、万物を以て芻狗と為す。聖人は仁ならず、百姓を以て芻狗と為す。天地の間は、其れ猶橐籥のごときか。虚にして屈きず、動いて愈〻出づ。多く言はば数〻窮す。中を守るに如かず。

天地は人間世界の様な人情味が有るものではない。万物は祭りの時の藁人形の犬の様に役目が終われば捨てられてしまうのだ。聖人は人情味が有るものではない。人民たちを祭りの時の藁人形の犬の様に思っている。天地の有り様はふいご（橐籥）の様ではないだろうか。内部はどこ迄も空虚であるが、動かせば動かす程、風を生ずるのである。政治を行なう者が、あれこれと指示すれば、その結果は益〻悪くなるから、中（片寄らない）の立場を守っているのが一番良いのだ。

第六章

谷神は死せず。是を玄牝と謂ふ。玄牝の門は、是を天地の根と謂ふ。綿綿として存するが若く、之を用ひて勤きず。

谷神（天地の支配者）は永遠に生きている。此れを玄牝（万物を生み出す本体）と言う。玄牝の門（出口）は、天地の根源と言う。それは長く続いていて、絶えることが無く、それを用いても尽きることが無い。

第七章

天は長く、地は久し。天地の長く且つ久しき所以は、其の自から生ぜざるを以て、能く長く生く。是を以て聖人は其の身を後にして身は先んじ、其の身を外にして身存す。其の私無きを以てに非ずや。故に能く其の私を成す。

天は長くいつ迄も存続し、地も永久に存続する。天地が長く久しく存続する理由は、それぞれが自分自身では長く久しく生きようとしていないから、長く久しく存続できるのである。そういう訣だから、聖人は自分の存在を人々の後に置くが、却って人々の先に立つ様に成り、その身を世間の利害に関係が無い様にして、確実に存続しているのである。此れは聖人が自分自身を考えていないからであろう。だから自分自身を確立できているのである。

第八章

上善は水の若し。水は善く万物を利して争はず、衆人の悪む所に処る。故に道に幾し。居は地を善しとし、心は淵きを善しとし、与は仁を善しとし、言は信を善しとし、政は治を善しとし、事は能を善しとし、動は時を善しとす。夫れ惟争はず。故に尤無し。

最高の善（立派な行ない）は水の様なものである。水は万物（あらゆる物）に十分に利益を与えて、何かと争う様な事はしないし、人々が厭がる様な低い場所に居るのである。だから道（人の守るべき生き方）に近いと言える。日常生活は大地の如くどっしりとしているのが良いし、心は深い水の様に静かなのが良いし、物を人に与える時は思いやりの心が有るのが良いし、言葉は真実を語るのが良いし、政治は良く治まっているのが良いし、事がらの解決には能力が有るのが良いし、行動するには良い機会を選ぶのが良いのである。そもそもただ他と争うことはしないのである。だから煩(わず)らわしい問題を引き起すことも無いのである。

第九章

持して之を盈すは、其の已むに如かず。揣して之を鋭くするは、長く保つべからず。
金玉の堂に満つれば、之を能く守る莫し。富貴にして驕れば自から其の咎を遺す。
功成り名遂げて身退くは天の道なり。

容器を手に持って、それに水を満たそうとすると、すぐに水が容器から溢れ出るだろうから、始めから水を満すことを止めた方がいい。刃を鍛えて鋭くしても、いつ迄も其の状態ではない。金貨や宝石が家の中に一杯有っても、それをいつ迄も保管し切れない。財産が豊かになり地位が高くなったりしても、それを自慢して威張っていると、自分から悪い運を引き起すことになる。仕事に成功して、社会的な名誉を得られたならば、世間の表舞台から身を退くのが天の道（無為自然の法則）に叶った生き方である。

第十章

営魄を載せ一を抱きて、能く離るること無きか。気を専らにして柔を致し、能く嬰児の如くならんか。玄覧を滌除し、能く疵無きか。民を愛し国を治めて、能く為す無きか。天門開闔して、能く雌と為るか。明白四達して、能く知ること無きか。之を生みて之を畜ひ、生みて有せず、為して恃まず、長じて宰らず。是を玄徳と謂ふ。

営魄（魂）を身に保ち、一（天から頂いた素質）をしっかり身につけて、身から離すことが無い様にしているか。生気を充満させて身体を自由に動かして、幼児の様な状態でいられるか。心の奥（玄覧）を洗い浄めて、少しの欠点も無い様にしているか。人民を愛し国を治めるのに無理をしていないか。心（天門）の働きが、控え目で穏やかだろうか。明らかに物事を弁えていながら、何も知らない態度でいられるだろうか。こういう事を良く知って、こういう事を身につけて、こういう事の成果を見ても自分の仕事の結果だとせず、そういう仕事をするのに他人の力を借りず、仕事が良い結果に至っても自分が指導的立場に成ろうとしない。こういう心の働きを玄徳（げんとく）（奥深い人格）と謂うのである。

第十一章

三十輻の、一轂を共にするは、其の無に当りて車の用有ればなり。埴を埏ねて以て器と為すは、其の無に当りて器の用有ればなり。戸牖を鑿ちて以て室と為すは、其の無に当りて室の用有ればなり。故に有の以て利と為るは、無の以て用を為せばなり。

三十本の輻（車輪の外から中へ向っている骨）が、車輪の中心部の轂（こしき）に集っているのは、車輪の中心部の（轂の）何も無い所が車輪を支える役に立っているからである。粘土をこねて器を作るのは、器の何も無い所に物を入れられて役に立つからである。戸や窓を拵えて部屋を造るのは、その部屋の空間（何も無い所）が部屋として役に立つからである。だから有（存在するもの）が役に立つのは、無（何も存在していないもの）が働いているからである。

第十二章

五色は人の目をして盲ならしめ、五音は人の耳をして聾ならしめ、五味は人の口をして爽ならしめ、馳騁田獵は人の心をして発狂せしめ、得難きの貨は人の行ひをして妨げしむ。是を以て聖人は腹の為にして目の為にせず。故に彼を去り此れを取る。

五色（青・黄・赤・白・黒）は人の目をくらませてしまい、五音（宮・商・角・徴・羽の音階）は人の耳を聞き取りにくくするし、五味（酸・苦・甘・辛・鹹の味）は人の味覚を混乱させ、馬を走らせて狩をする事は、人の心を異常に興奮させ、手に入れるのが難かしい財宝は人の正しい行いを妨げるものである。そういう訣だから、聖人は質素な生活を求めているが、贅沢を求めたりはしない。だから五色・五音・五味などを遠ざけて、道を学ぶのである。

第十三章

寵辱驚くが若し。大患を貴ぶこと身の若し。何をか寵辱驚くが若しと謂ふ。寵は（上たり、辱は）下と為す。之を得ても驚くが若く、之を失ひても驚くが若し。是を寵辱驚くが若しと謂ふ。何をか大患を貴ぶこと身の若しと謂ふ。吾が大患有る所以は、吾が身有るが為なり。吾が身無きに及べば、吾に何の患ひか有らん。故に身を以て天下と為すを貴べば、則ち天下を寄すべし。愛するに身を以て天下と為すべきは、乃ち天下を託すべし。

思いがけない栄誉を受けたり、栄誉を身に受けることが無かったりすることで、人は心を動かす様だ。自分にとって大きな患いとなるものを大切にして、命に関わる様に思っているのである。何を人が栄誉だと思ったり栄誉を失ったりすることに心を動かされると言うのか。寵（栄誉）は（光栄な事だし、恥辱は）詰らぬ事だと考えるからである。栄誉や恥辱を身に受ければ心を動かすし、栄誉や恥辱が身から離れ去っても心を動かすのである。こういう状態を栄誉や恥辱に心を動かすと言うのである。何を大きな患(わずら)いとなるものを自分の身にとって大切なものだとしているのだろうか。自分の身にとって大きな患いとなるものを大切にしている理由になっているのは、自分に身体(からだ)が有るからである。自分の身体のことを考えなくしたらば、自分にとって何の心配事が有るだろうか。だから自分の身が世の中の為(ため)にあると考えている者には世の中のこと（政治）をまかせるのが良いし、自分が暮している世の中を大切に思う者には世の中のことをまかせるのがいいのである。

第十四章

之を視れども見えず、名づけて幾と曰ふ。之を聴けども聞えず、名づけて希と曰ふ。之を摶てども得ず、名づけて微と曰ふ。此の三者は致詰すべからず。故に混じて一と為る。一は其の上の皦かならず、其の下の昧からず、縄縄として名づくべからず、無物に復帰す。是を無状の状、無象の象と謂ふ。是を恍惚と謂ふ。之を迎ふるも其の首を見ず、之に随ふも其の後を見ず。古の道を執りて以て今の有を御すべく、能く古の始めを知る。是を道紀と謂ふ。

それを見ようとしても何も見えないので、名前を附けて幾（かすかなもの）と言う。それを聴こうとしても何も聞こえないので、名前を附けて希（しずかなもの）と言う。手で打とうとしても何も打てないので、名前を附けて微（ひそかなもの）と言う。此の三つのもの（幾・希・微）は、それぞれ突き詰めることが出来ない。だから三つのものを混ぜて

第十四章

一つにするのである。それ等の上の方は明るくないし、下の方は暗くはない。其の変化はきわまることなく、名前を附けることが出来ない。何も無い状態に戻っているとして、此れを状態の無い状態、形態の無い形態と言うのである。此れを、うっとりした状態と言うのである。此れに向い合っても、その頭を見ることが出来ないし、其の後について行っても、其の後がどこにあるのか分らないのである。昔からの道（法則）によって現在の世の中を支配して、昔の道の始まりを知ることが出来るのである。此のことを道紀（道の基本を知ること）と謂うのである。

第十五章

古への善く道を為す者は、微妙玄通にして、深く識るべからず。夫れ唯識らず。故に強ひて之が容を為す。豫兮として冬に川を渉るが若く、猶兮として四隣を畏るるが若く、儼兮として其れ客の若く、渙兮として冰の将に釈けんとするが若く、敦兮として其れ樸の若く、曠兮として其れ谷の若く、渾兮として其れ濁れるが若し。孰か能く濁れるは以て之を静めて徐に清くせん。孰か能く安きは以て久しく之を動かして生ぜん。此の道を保つ者は盈つるを欲せず、夫れ唯盈たず。故に能く敝るるも新に成さず。

昔の十分に道（宇宙の法則）を身につけている者は、細やかで奥深くて、その人がらを詳しく知ることは出来ない。それは、どうしても知ることが出来ない。だから無理に其の人がらを形容して見ると、ためらいながら、冬に川を歩いて渡る様でもあり、用心深く周囲に注意する様でもあり、慎しみ深い訪問者の様でもあり、パリッと氷が割れて融ける様でもあり、手厚く飾り気が無いことは樸（伐り出したままの木）の様でもあり、広々として谷間の様でもあり、奥深くて濁っている様にも見えるのである。誰が濁っている状態を澄む様にして少しずつ清らかに出来るだろうか。誰が安定している状態を長く続けているものを動かして、ゆっくりと生み出せるだろうか。此の道を身に保っている者は、何をも満ち溢れることを望まない。それは唯、満ち溢れることが無い。だから物事がうまく行かなくなっても新しく作り出そうとはしないのである。

第十六章

虚を致すこと極まり、静を守ること篤ければ、万物の並に作れども、吾は以て其の復を観る。夫れ物の芸芸たるも、各〻其の根に帰る。根に帰るを静と曰ふ。静は命に復すと曰ふ。命に復すを常と曰ふ。常を知るは明と曰ふ。常を知らざれば、妄りに凶を作す。常を知れば容なり。容は乃ち公なり、公は乃ち王なり。王は乃ち天なり。天は乃ち道なり。道は乃ち久しく、身を没するまで殆からず。

心を虚しくすることを究め尽して、静かな境地に落ち着いているならば、万物が次々と発生しても、自分はそれが根源に復帰するのを観察できる。そもそも物が盛んに活動していても、それぞれ根源に戻って行くが、根源に帰って行くことを静と言う。静の状態を天命（自然）に帰って行くという。天命に帰って行く状態を常（一定不変）という。常を知ることを明という。常を知らなかったならば、出鱈目に行動して、悪い結果となる。常を知っているなら物を受け入れられる。物を受け入れられるならば、それは公（公平）である。公であるならば、それは王（人々の上に位置する者）である。王であるならば其れは天（自然）である。天であるならば道（宇宙の法則）である。道であるならば長く続いて、人生を終るまで無事に過すことが出来るのである。

第十七章

太上は下之を存するを知る。其の次は之に親しむ。其の次は之を誉む。其の次は之を畏る。其の次は之を侮る。故に信足らざれば、焉に信ぜざる有り。猶兮として其れ言を貴ぶ哉。功成り事遂げて、百姓皆我自から然りと曰ふ。

太上（大昔の立派な天子）は、下々の人民たちが、立派な天子が存在することを知っていた。其の次の天子になると、人民たちは天子に親しみを抱いていた。其の次の天子になると、人民たちは天子が立派であることを誉め讃えた。其の次の天子になると、人民たちは天子を恐れて従うようになった。其の次の天子になると、人民たちは天子の存在を軽く見る様になった。だから信頼が薄くなって来ると、天子を信頼しなくなってしまう。ためらいながらも天子は言葉を大切にするのである。天子の務めを果して仕事が完成すると、人民たちは、人民の力で自然に出来たのだと言うのである。

第十八章

大道廃るも焉に仁・義有り。智慧出るも焉に大偽有り。六親和せずとも孝・慈有り。
国家昏乱するも忠臣有り。

（老子の考えている）大きな道徳が行なわれなくなって、（儒教の）仁（博愛）や義（正義）が主張されている。頭脳の優れた人々が出て来たが、偽りで世間をだます人達も出て来た。親と子や、夫と妻や、兄や弟の間柄で仲が悪くなっても、（儒教の）孝（親を大切にする）や慈（子供を可愛がる）が主張されている。国の政治が乱れていても、君主や国家の為に力を尽す人物が現われるものだ。

〔関〕『老子』の中で広く知られた言葉である。ふつう、老子の大道が顧みられず、代りに儒教の仁義が説かれるようになった、と解釈されているが、老子の大道の中には仁義が含まれているので、大道の代りに仁義が生れたとするのは妥当ではない。
此の章は、老子が世相を批判したと見るべきではないか。

第十九章

聖を絶ち智を棄つれば民の利百倍す。仁を絶ち義を棄つれば、民孝慈に復る。巧を絶ち智を棄つれば、盗賊有ること無し。此の三者は以て文未だ足らずと為すなり。故に属する所を有らしめて、素を見はし樸を抱き、少しく欲寡きを思ふ。

聖人を拒み智者を相手にしなければ人民の豊かな生活は百倍にもなるだろう。仁（博愛）の教えを拒み義（正義）の教えを相手にしなければ、人民たちは孝（親孝行）と慈（子供を愛する）の生活に立ち戻ることだろう。巧妙な仕事を拒み智者を相手にしなければ、盗賊が起るということも無い。此の三者に就いては、まだ説明が足りないと言えるのである。だから世間の人々の心がひかれる所が有る様にさせて、飾り気の無い状態を示し、素朴なままの状態にして、人民たちが欲望を少なくする様にさせるのである。

第二十章

学を絶てば憂ひ無し。唯の阿と相ひ去ること幾何ぞ。善の悪と相ひ去ること何若ぞ。人の畏るる所は畏れざるべからず。荒兮として其れ未だ央きざる哉。衆人は熙熙として太牢を享くるが如く、春の台に登れるが如し。我独り泊兮として其れ未だ兆さず、嬰児の未だ孩せざるが若し。儽儽兮として其れ足らざるが若く、帰する所無きに似たり。衆人は皆余り有り、而して我独り遺るが若し。我独り愚人の心なる哉。沌沌兮たり。俗人は昭昭たるも、我は独り昏昏。俗人は察察たるも、我は独り閔閔。澹兮として其れ海の若く飂兮として止まる所無きに似たり。衆人は皆以ふる有り。我独り頑なに且つ鄙し。我は独り人に異なり、而して食を母に求むるを貴ぶ。

学問するのを止めれば気にかかることは無くなる。唯（はい）という丁寧な返事と阿

第二十章

（あぁ）というぞんざいな返事と、どれ程の違いが有るだろうか。善とか悪とか言ったところでどれ程の違いが有るだろうか。世間の人が用心していることは、自分も用心しないわけには行かない。出来事は次々と有って、まだ尽きることが無いのだ。世間の人々は、楽しく暮していて、盛大な宴会で御馳走される様な気分だし、春の日に高い物見櫓に上って景色を眺めている様な気分である。自分一人は静かな心境で、為ることも無くて何かを為ようとする気にもならず、乳幼児がまだ笑いを知らない様なのと同じである。ぼんやり疲れて心が満たされることも無く、行き着く当も無い状況に似ているのである。世間の人々には余裕が有るが、自分一人は取り残された様だ。自分一人は愚か者の様な気分であって暗い気分である。世間の人々は明るく振舞っているのに、自分一人が暗い心なのではないかと思われる。世間の人々は明るく行動しているが、自分一人は思い悩んでいて、静かな海の様でもあり、風の吹くままに身をまかせて、どこに行き着くのか分らない様な状態である。世間の人々は頭が良くて仕事が出来る様だが、自分一人は世の中に妥協することも無く、狭い心なのである。自分一人は他の人々と違って、母親に養われる子供の様な気分を大切にしているのである。

第二十一章

孔徳の容は、惟道に是れ従ふ。道の物たる、惟恍、惟惚。惚たり恍たり、其の中に象有り。恍たり惚たり、其の中に物有り。窈たり冥たり、其の中に精有り。其の精甚だ真にして、其の中に信有り。今より古へに及ぶまで、其の名去らず、以て衆甫を閲ぶ。吾奚を以てか衆甫の然るを知らんや。此を以てなり。

最高の人格を備えた人の様子は、ただ道（宇宙の法則）を拠り所にしている様である。道は万物に備っていて、ただほのかに、ほんのりとしたものである。うっとりとしてほのかな状態であるが、その中に形が現れて来る。ほのかにうっとりした状態の中に万物が認められる。かすかに暗いものの中に精（奥深いもの）が有る。其の精は非常に真理を現している。其の中に信（真実）が有るのである。現在も大昔も、道の名が失われることが無く、それで万物の始めを物語っている。自分がどうして万物の始めを知っているかと言うと、道の現われ方を知っているからである。

第二十一章

第二十二章

曲なれば則ち全く、枉なれば則ち直く、窪なれば則ち盈ち、敝なれば則ち新たに、少なれば則ち得、多なれば則ち惑ふ。是を以て聖人は一を抱きて天下の式と為る。自から見はさず、故に明かに、自から是とせざる、故に彰る。自から伐らず、故に功有り、自から矜らず、故に長たり、夫れ惟争はず、故に天下の能く之と争ふこと莫し。古への所謂曲なれば則ち全しとは、豈虚言ならんや。誠に全くして之を帰すなり。

曲った木は良い材にならないので伐られることも無く木にとっては安全であり、枉っている状態は伸びる状態に（尺取虫の様に）成れるし、凹んでいる状態ならば（水などを）満すことが出来るし、（衣服など）破れたならば新しいものに換えられるし、物を少な目に取れば却って多量に手に入るし、多くの物だと適量が分らなくて迷ってしまうものだ。そういう訣で聖人（最高の人格者）は道一筋を胸に秘めて、世の中の人々の手本と成っているのである。自分自身では才能を人々に示そうとしないので、却って人々に才能を知られてしまうし、自分から正しい判断だとしないので、却って其の判断が正しいと知られてしまう。自分の功績を自慢したりしないので、却って其の功績が認められるし、自分の功績の実力を主張しないので、却って人々の上に立つことが出来る。とにかく人と争うことをしないので、世の中で聖人と争う者はいないのである。昔の言葉に、身をかがめていれば安全である、と言っているのは決して良い加減な言葉ではない。本当に自分の身が完全な形で、道に帰って行けるのである。

第二十三章

希言は自然なり。飄風は朝を終へず、驟雨は日を終へず。孰か此れを為す者ならん。天地なり。天地すら尚久しきこと能はず。而るを況んや人に於てをや。故に道に従事する者は、道は道に同じくし、徳は徳に同じくし、失は失に同じくす。道に同じくする者は、道も亦之を得るを楽しみ、徳を同じくする者は、徳も亦之を得て楽しみ、失を同じくする者は、失も亦之を得て楽しむ。信足らざれば焉に信ぜざる有り。

言葉少なであることは自然の状態と一致する。だから大風は朝の中に止むし、烈しい雨は一日中降っていることは無い。誰がこういう大風や烈しい雨を操作しているのだろうか。天地である。天地の力でさえ、やはり長続きするものではない。だから、まして人の場合なら尚更長続きするものではない。だから道（宇宙の法則）に従って行動する者は、道は道と同じく、徳（人格）は徳と同じく、失（徳を失う）は失と同じくするのである。道を身につけようとする者には、道もまた此の様な者を得たことを楽しみ、徳を身につけようとする者には、徳もまた此の様な者を得たことを楽しみ、失（しつ）（徳を失う）を身につけている者には、失もまた此の様な者を得たことを楽しむのである。信頼する気持が無ければ、右の様なことを信じない者も有るだろう。

第二十三章

第二十四章

跂つ者は立たず、跨ぐ者は行かず、自から見す者は明かならず、自から是とする者は彰れず、自から伐る者は功無く、自から矜る者は長からず。其の道に於けるや、余食贅行と曰ふ。物或は之を悪む。故に道有る者は処らざるなり。

爪先で立っている者は其のまま長く立っていられないし、大股に歩く者は疲れて遠くまでは行けない。自分の見解を発表しようとする者は人々に知られることも無く、自分の考えが正しいとする者は人々に相手にされず、自分で手柄を自慢する者は大した功績も無く、自分の功績を自慢していても長続きはしない。道ということから見れば余計な行為で無駄なことと言える。万物は此の様な状態を嫌っている。だから道を身に備えた者は右の様な状況を避けるのである。

第二十五章

物有り、混成して天地に先だって生ず。寂兮たり寥兮たり、独立して改めず、周行して殆からず、以て天下の母と為すべし。吾は其の名を知らず、之を字して道と曰ふ。強ひて之が名を為して大と曰ふ。大は逝と曰ひ、逝は遠と曰ひ、遠は反と曰ふ。故に道は大なり、天は大なり、地は大なり、王も亦大なり。域中四大有りて王は其の一に居る。人は地に法り、地は天に法り、天は道に法り、道は自然に法る。

何かの物が有って、色々な物を包含していて、天地が出来る前から存在している。それは何か淋し気でひっそりしていて、万物の上に立っていて形を改めることも無く、絶えず変化し続けて、それが窮まることが無いから世の中を生み出す母だと言えよう。自分は其の混沌とした物の名前を知らないが、その呼び名を道と言う様だ。無理に名前を附けるなら大と言える。大（逝）は移り行くと言うことであり、逝は遠くまで行くことで、遠くま

で行くと、また立ち戻るのである。だから道は大（おお）きい存在であり、天は大きい存在であり、地は大きい存在であり、王（君主）も亦（また）大きい存在なのである。此の宇宙の四つの大きな存在が有って、王は其の中の一つの存在である。人は地の規律に従い、地は天の規律に従い、天は道の規律に従い、道は自然の規律に従っているのである。

第二十六章

重は軽の根と為し、静は躁の君と為す。是を以て聖人は、終日行くも、其の輜重を離れず。栄観有りと雖も、宴処して超然たり。之を如何せんか、万乗の主にして身は天下より軽しと似すは。軽ければ則ち根を失ひ、躁げば則ち君を失ふ。

重いものは軽いものにとっての拠りどころであり、静かなことは躁がしいことにとっては君主（支配者）である。そういう訣で、聖人は、一日中行軍しても、軍隊が軍用品の車から離れない様なもので、重々しく静かな態度から離れることは無いのである。豪華な生活を知っていても、静かに暮していて見向きもしないのである。如何したらいいのか分らないが、大国の君主であるのに軽々しく行動するのは。軽々しく行動すれば重々しさを失ってしまうし、派手に騒がしく行動すれば、君主の地位を失ってしまうのである。

第二十七章

善行は轍迹(てつせき)無く、善言は瑕讁(かたく)無く、善数は籌策(ちゅうさく)無し。善(よ)く閉(と)づる者は関楗(かんけん)無くして開くべからず。善く結ぶ者は縄約(じょうやく)無くして解(と)くべからず。是(ここ)を以て聖人は常に善く人を救ふ。故に人に棄人(きじん)無し。常に善く物を救ふ。故に物に棄物(きぶつ)無し。是(これ)を襲明(しゅうめい)と謂ふ。故に善人は不(ふ)善人の師にして、不善人は善人の資(たすけ)なり。其の師を貴ばず、其の資を愛さざれば、智と雖(いえど)も大(おお)いに迷ふ。是(これ)を要妙(ようみょう)と謂ふ。

上手(じょうず)に仕事をしていれば仕事の痕跡(こんせき)が無く、上手に話をしていれば失言(しつげん)することも無く、上手に計算していれば計算機は使わない。上手に戸をしめる場合は鍵を掛けなくても開(あ)けることは出来ない。上手に結ぶことが出来る場合は縄(なわ)でくくらなくてもほどけないのである。そういう訣(わけ)で聖人は常に困った人を助けている。だから人々の中に見捨てられた人はいない。常に上手に物を扱う。だから物の中に捨てられる物は無い。此の事を襲明(しゅうめい)（自然の規律に従う）と言う。だから人柄が善い人は人柄が悪い人には手本と成り、人柄が悪い人は人柄の善い人の働き甲斐を作っていると言える。自分の手本を尊敬せず、働き甲斐を作っている人を大事にしなかったら、知能の優れた人でも大いに迷うのである。此の事を要妙（奥深いこと）と謂うのである。

第二十八章

其の雄を知りて、其の雌を守れば、天下の谿と為る。天下の谿と為らば、常徳離れず、嬰児に復帰す。其の白を知りて、其の黒を守れば、天下の式と為る。天下の式と為らば、常徳忒はず。無極に復帰す。其の栄を知りて、其の辱を守れば、天下の谷と為る。天下の谷と為らば、常徳乃ち足る。樸に復帰す。樸散すれば、則ち器と為る。聖人之を用ふれば、則ち官長と為る。故に大制は割かず。

雄（強さ）を身につけて雌（弱いもの）を守るならば、世の人々が谿（谷間）の様に帰服することになる。世の人々が谿の底に集まる様に集って来るならば、常徳（道）が身から離れること無く、乳呑児の様な純真さを取り戻すだろう。白（明るさ）が良く分って、黒（暗さ）を保っていれば、世の人々の手本に成るだろう。世の人々の手本と成れば常徳は完全なものと成る。限りの無い状態に戻って行くのである。栄（華やかな境遇）を良く理解して、辱（低い境遇）に安住しているならば、世の中の人々が谷間に（水が集まる様に）集まる様に帰服するであろう。世の中の人々が集まって来れば、常徳（道）は完全なものと成る。樸（伐り出したままの木）の形に帰って行くだろう。樸の形が分散すれば器（万物）と成るのである。聖人がそれを活用すれば官長（君主）と成る。天下を統治する体制を崩すことは無いのである。

第二十九章

将に天下を取らんと欲して之を為さんとするは、吾其の得ざるを見るのみ。天下は神器にして、為すべからざるなり。為す者は之を敗り、執る者は之を失ふ。故に物は或は行き或は随ひ、或は呴し或は吹き、或は強く或は羸く、或は載せて或は隳す。是を以て聖人は甚を去り、奢を去り、泰を去る。

此の世の中を自分が支配しようとする者がいても、私（老子）は其の様には出来ないに決まっていると思っている。此の世の中は神聖な物であって、人間が手を加えられるものではない。支配しようとする者は世の中を駄目にするし、支配し始めた者は世の中を如何していいのか分らなくなるのである。だから世の中には先に立って進んで行く人も有れば、人に随って行く人も有り、息を吹き掛けて温める人も有れば息を吹き掛けて冷す人も有り、身体が強い人も有れば身体が弱い人も有り、安全な境遇の人も有れば危険な状況の人も有るのである。そういう訣(わけ)で聖人は、甚(じん)(極端なこと)を避け、奢(しゃ)(贅沢なこと)を避け、泰(たい)(高慢な態度)を避けるのである。

第三十章

道を以て人主を佐くる者は、兵を以て天下に強たらんとせず。其れ事は好く還る。師の処る所は荊棘生ず。大軍の後には、必ず凶年有り。故に善なるは果のみ。敢て以て強を取らず。果にして矜ることなく、果にして伐ることなく、果にして驕ることなく、果にして已むを得ず。是を果にして強たることなしと謂ふ。物は壮なれば則ち老ゆ。是を不道と謂ふ。不道は早く已む。

道（宇宙の法則）に従って君主の政治を輔佐している者は、その国の軍事力によって世界一の強国にしようとはしていない。そもそも何事でも報いが返って来るものである。軍隊が駐留する土地は荊棘（いばら等の雑草）が生えた荒地に成る。大きな戦争の後には、農作物が収穫できない年に成るものである。だから戦争に勝つとは結果によるのであって、決して戦争に勝利をしめることではない。結果が良かったと自慢することも無く、結果が良かったと得意になることも無く、結果が良かったと威張ることも無く、結果は成り行きでそう成ったとすべきである。此の事を、結果としては強かったのでは無いと言うのである。どんな物でも若くして元気が良ければ、やがて老い衰ろえて行くのである。此の事を不道（道の自然に背く）と言う。不道は死によって早く終るのである。

第三十一章

夫れ佳兵は不祥の器なり。物或は之を悪む。故に道有る者は処らず。是を以て君子は居れば則ち左を貴び、兵を用ふれば則ち右を貴ぶ。兵は不祥の器にして、君子の器に非ず。已むを得ずして之を用ふるに、恬澹を以て上と為し、勝ちても美とせず。而るに之を美とする者は、是人を殺すを楽しむ。夫れ人を殺すを楽しむ者は、以て志を天下に得べからず。故に吉事は左を尚び、凶事は右を尚ぶ。是を以て偏将軍は左に処り、上将軍は右に処る。上に居るの勢ひを言はば、則ち喪礼を以て之に処る。人を殺すこと衆多なれば則ち悲哀を以て之に泣き、戦ひに勝つ者は則ち喪礼を以て之に処る。

そもそもすぐれた兵器は不吉な道具である。人々は兵器を嫌っている。だから道徳を身に備えている者は兵器を扱ったりしない。そういう訣で君子（人格者）は平生の生活では

第三十一章

左を大事にし、兵器を用いる時は右を大事にするのである。兵器は不吉な道具なので、君子が用いる道具ではない。仕方無く兵器を用いる場合は、心静かに対処することが良い態度とされ、戦いに勝ったところで立派だとしないのである。それなのに戦いに勝ったことを手柄だとする者は人を殺すことを楽しんでいるのである。そもそも人を殺すことを楽しむ者は、そういう希望が世の中で叶えられることは無いのである。それで吉い事には左を大事にし、不吉な事には右を大事にするのである。こういう訣で偏将軍（一方の指揮をする）は左に位置し、上将軍（全軍の指揮をする）は右に位置しているのである。上の地位に居る権力を言うならば、つまり葬式の礼儀で其の位置に居るのである。多数の人々を殺した場合には悲しみの心で其の事を歎き、戦いに勝つ者は葬儀の心で対処するのである。

第三十二章

道は常なり、名無し。樸は小と雖も天下は能く臣とすること莫し。侯王の能く守るが若く、万物は将に自から賓たらんとす。天地は相ひ合して、以て甘露を降らし、民は之に令すること莫くして自から均し。始めに名有るを制し、名も亦既に有り、夫れ亦将に止まるを知らんとす。止まるを知るは殆ふからざる所以なり。道の天下に在るを譬ふれば、なほ川谷の江海に於けるが猶し。

道（宇宙の法則）は永久不変のものであるが、特につけられた名は無い。樸（伐り出したままの木）の様な者は小さく見えても、能力が有るが、世の中では却って家臣として用いられない。侯王（君主）が、国家を守る様に道を守るならば、万物は自然に服従することだろう。天と地は力を合せて甘露の様な恵みの雨を降らし、人民は此の雨の下に集まろうとするのでは無いが、自然に皆集まって来るのである。始めに名がつけられてから、名も

第三十二章

次ぎ次ぎに作られて、それが尽きることが無いのである。名が尽きるのを分っているなら危いことは無いだろうと思われる。道が世の中に存在している状態を譬えれば、小さな谷川が大きな河や海に注いでいる様なものであろう。

第三十三章

人を知る者は智なり。自から知る者は明なり。人に勝つ者は力有り、自から勝つ者は強し。足るを知る者は富む。強めて行ふ者は志有り。其の所を失はざる者は久し。死して亡びざる者は寿し。

他人の人柄を知ることは智能が有るからである。自分が自分の人柄を知っているのは聡明だからである。他人に勝つことが出来るのは力が有るからである。自分自身の欲望に勝つことが出来るのは強い心の持ち主だからである。境遇に満足することが出来る者は豊かな生活となる。頑張って行動する者は志（人生の目標）が有るからである。自分の現在の立場を守っている者は、その状態を長く維持できる。死んでからも其の人の業績が讃えられるのは、長生きしていると言えよう。

第三十四章

大道は汎汎兮として、其れ左右すべし。万物は之を恃みて生ず。成して名有らず、万物を衣被して主と為らず。故に常に無欲なるは名づけて小と為すべし。万物は之に帰して主を知らず、名づけて大と為すべし。是を以て聖人は、其の終に自から大と為さざるを以て、故に能く其の大を成す。

大道（宇宙の法則の力）は水が溢れる様に何処にでも行き渡っている。万物（地上のあらゆる物）は大道を頼りとして生れている。大道はそういう仕事をしても人に知られようとせず、万物を大事に育てながらも支配者に成ろうとしていない。だから常に欲望を持たない状況は、名前をつけて、まだ小さいものとすべきであろう。万物は此の大道のお蔭になりながら万物を支配している者のことを知らない。此れは大きいことと呼ぶべきであろう。こういう訣で聖人（最高の人格者）は、最後まで自分の存在を大きいとはせず、その為に

聖人の人格が大きいと言われる。

第三十五章

大象を執る者の天下に往く。往きて安・平・泰を害せず。楽と餌とに過客止まる。道の言に出づれば、淡兮として味無し。之を視れども見るに足らず、之を聴けども聞くに足らず、之を用ふれども既すべからず。

大象（宇宙の法則である道）を身につけている者が世の中を治めている。世の中は治まって安全・平和・安泰である。音楽と御馳走とに旅人の足が止まるものである。それと違って道というものを言葉に出して語れば、あっさりしていて何の味わいも無い。道を見ようとしても見ることは出来ないし、道を聞こうとしても何も聞えない。道を実際に利用しても其の効用は尽きることが無い。

第三十六章

将に之を翕めんと欲すれば、必ず固らく之を張る。将に之を弱めんと欲すれば、必ず固らく之を強くす。将に之を廃せんと欲すれば、必ず固らく之を興す。将に之を奪はんと欲すれば、必ず固らく之を与ふ。是を微明と謂ふ。柔は之れ剛に勝ち、弱は之れ強に勝つ。魚は淵を脱すべからず。邦の利器は、以て人に示すべからず。

今や縮めようとする場合は、必ず暫く其れを拡げて見るのである。今や弱めようとする場合は、必ず暫く其れを強くするのである。今や廃止しようとする場合は、必ず暫く興隆させるのである。今や必ず奪おうとする場合は、必ず暫く与えて置くのである。此の事を微明（微妙な計画）と言うのである。柔（よわいもの）は剛（強いもの）に勝ち、弱は強に勝つものである。魚は淵（水の深い所）から抜け出せないのである。国家にとって利益になる事柄は、無暗に人々に示してはならない。

第三十七章

道は常に、為すこと無くして為さざること無し。侯王若し能く守らば、万物は将に自から化せんとす。化して作さんと欲すれば、吾将に之を鎮むるに無名の樸を以てせんとす。無名の樸は夫れ亦将に欲せずとす。欲せずして以て静かなれば、天下は将に自から正しからんとす。

道（宇宙の法則）は、いつも何も為ていないが、何も為なかった時は無い。君主が、もしも道を大切に守っているならば、万物は今や自然に道に変化しようとしている。変化の途中で別な動きをしようとする場合には、私（老子）は其の動きを鎮めるのに名も無い樸（伐り出したままの木）の様な道の力を借りようとするのである。名も無い樸は、そもそも又、今や何かの動きをしようとはしていない。何かをしようとせず静かな境地にあるならば、世の中は自然に正しい方向に歩むことだろう。

老子徳経（老子下篇）

第三十八章

上徳は徳ならず、是を以て徳有り。下徳は徳を失はず、是を以て徳無し。上徳は為すこと無くして為さざること為し。下徳は之を為して以て為すこと有り。上仁は之を為して以て為すこと為し。上義は之を為して以て為すこと有り。上礼は之を為して之に応ずる莫ければ、則ち臂を攘げて之を仍く。故に道を失って後に徳、徳を失って後に仁、仁を失って後に義、義を失って後に礼。夫れ礼は忠信の薄にして、乱の首なり。前に識る者は、道の華にして、愚の始めなり。是を以て大丈夫は其の厚きに処りて、其の薄きに処らず、其の実に処りて、其の華に処らず。故に彼を去りて此れを取る。

上徳（すぐれた人格）の人は、徳を人に示さないので、そういう事ですぐれた人格が有る。下徳（人格が低い）の人は、人格を人に示そうとする、だから人格が失われてしまう。

上徳の人は立派な仕事をしていない様に見えるが立派な仕事を成し遂げているのである。下徳の人は立派な仕事をしようとして其の仕事を人々に見せている。上仁（すぐれた慈愛の心の人）は、立派な仕事をしているが、人々にそれを示すことは無い。上義（すぐれた正義の人）は立派な仕事をして、それを人々に示している。上礼（すぐれた礼節の人）は、立派な行動をして、それに対応する人が無ければ臂を伸ばして相手をつかまえても従わせようとする。こういう事だから道（宇宙の法則）が世の中から失われて後に徳（人格）が注意を惹く様になり、徳が世の中から失われると仁が注意を惹く様になり、仁が世の中から失われると義が注意を惹く様になり、義が世の中から失われると礼が注意を惹く様になるのである。そもそも礼は忠（真心）や信（信頼）の心が薄いことから生み出されたもので、世の中の乱れの始まりだと言えよう。世の人々より先に世の中の動きを識る者は、道の派手な面を知っているだけで、愚かさの始まりと言えよう。そういう訣だから大丈夫（立派な男）は忠や信のすぐれた境地に心を置き、礼の様な軽々しい心境に心は置かないし、実質を尊重して表面的な華やかさに心を置かないのである。だから礼と智を遠ざけて忠や信を身につけるのである。

第三十九章

昔の一を得し者は、天は一を得て以て清く、地は一を得て以て寧し。神は一を得て以て霊なり。谷は一を得て以て盈つ。万物は一を得て以て生ず。侯王は一を得て以て天下の貞と為る。其の之を致すは一なり。天は以て清きこと無ければ将に恐らく裂けんとす。地は以て寧きこと無ければ将に恐らく発れんとす。神は以て霊なること無ければ将に恐らく歇れんとす。谷は以て盈つること無ければ将に恐らく竭きんとす。万物は以て生ずること無ければ将に恐らく滅びんとす。侯王は以て貞と為ること無ければ将に恐らく蹶かんとす。故に貴は賤を以て本と為し、高は下を以て基と為す。是を以て侯王は自から孤・寡・不穀と称す。此れ其の賤を以て本と為すなり。非なるか。故に数誉を致すは誉れ無し。琭琭として玉の若くなるを欲せず。落落として石の若し。

昔の、一（宇宙の法則である道）を身につけた者と言えば、天は一を身につけて清らかであり、地は一を身につけて安らかであった。神は一を身につけて霊（奥深い働き）である。谷（山間の凹み）は一を身につけて凹みを満している。万物は一を身につけて生れ出ているのである。君主は一を身につけて其れによって世の中を正しく守っている。右の例のそれぞれを支えているものは一である。天が清らかでなければ恐らく裂けてしまうであろう。地が安らかでなければ恐らく崩れてしまうであろう。神が霊妙な働きをしなければ恐らく誰も崇めなくなるであろう。谷が凹みに満すことがなければ恐らく谷の形を失ってしまうであろう。万物は生れ出るということがなければ恐らく滅亡することであろう。君主が世の中を正しく守っていなければ恐らく政治に失敗してしまうであろう。だから地位の高い者は地位の低い者を根本とし、高さは低さを基礎としているのである。そういう訣で、君主は自分自身を孤（相手にされない一人者）・寡（力の無い者）・不穀（人格が劣った者）と呼ぶのである。此れは地位が低いことを根本にしているのである。間違っているだろうか。だから数多くの名誉を得たいと思う者に名誉は無い。美しく宝石の様な境遇に成ることを望まずに、粗末な石の様な境遇を望むことだ。

第四十章

■反(はん)は道の動(どう)なり。天下の万物は有(ゆう)より生(しょう)じ、有は無(む)より生ず。

反(はん)(繰り返し)は道(宇宙の法則)の動(どう)(作用)である。世の中のあらゆる物は有(ゆう)(道の存在)から生れ出たもので、有は無(む)(何も存在しない状態)から生れ出たものである。

第四十一章

上士は道を聞きて、勤めて之を行ふ。中士は道を聞きて、存するが若く亡きが若し。下士は道を聞きて、大に之を笑ふ。笑はざれば以て道と為すに足らず。故に建言に之有りて曰く、明道は昧きが若し。進道は退くが若し。夷道は纇なるが若し。上徳は谷の若し。大白は黷の若し。広徳は足らざるが若し。建徳は偸なるが若し。質直は渝なるが若し。大方は隅無し。大器は晩成す。大音は希声なり。大象は形無し。道は隠れて名無し。夫れ惟道のみ善く貸し且つ善く成す。

上士（人格が上級の人物）は、道のことを聞くと、熱心に其れを実行しようとする。中士（中級の人物）は道のことを聞くと、関心を抱いたり無関心だったりする。下士（人格が低い人物）は、大そう馬鹿にして笑う。笑わなかったら其れは道のことではなかったのである。だから昔の人の言葉に、「明道（道に明らかな者）は何も知らない様に見える。

進道（道を実践しようとする者）は何もしない様に見える。夷道（穏かに道を究め行く者）は円滑ではない様に見える。上徳（すぐれた人格）は何でも受け入れる谷の様である。大白（真白なもの）は汚れている様に見える。広徳（豊かな人格）は徳が足りない様に見える。建徳（力強い人格）は悪賢い様に見える。質直（質素で正直な人格）は変り者の様に見える。大方（大きな方形）は角が無い様に見える。大器（立派な人格）は長い年月が経ってから完成する。大音は希声（音量が無い）の様に見える。大象（大きな形）は形が無い様に見える。道は人目につかない様にしていて名前もつけられない。そもそも惟道だけが人に与えることが出来、その上、完成させることが出来るのである。」と。

第四十二章

道は一を生じ、一は二を生じ、二は三を生じ、三は万物を生ず。万物は陰を負ひて陽を抱く、沖気は以て和を為す。人の悪む所は、惟孤・寡・不穀にして、而も侯王の以て自から称するなり。故に物は或は之を損して益し、或は之を益して損す。人の我に教ふる所以は、而も亦我の人に教ふる所以なり。強梁の者は其の死を得ず。吾将に以て、父に学ばんと為す。

道（宇宙の法則）は一（物を生む力、元気）を生み出し、一は二（天地）を生み出し、二は三（元気、陰、陽）を生み出し、三は万物を生み出している。万物は陰の気を背負い陽の気を抱いている。沖気（混沌とした気）が陰陽の気を和やかにしている。人々が嫌っているのは孤（誰からも相手にされない）・寡（力が無い者）・不穀（人格が劣った者）の境地で、それなのに君主が自称としているものである。だから物事は一方では損害を蒙っても

第四十二章

一方では利益を得たり、一方では利益を得ていても一方では損害を蒙るものなのである。他人が自分に教えてくれる様なことは、自分も又人に教えたいことである。強暴な人間は好い死に方をしないものだ。自分は今、父の教えを学ぼうとしている。

第四十三章

天下の至柔は、天下の至堅を馳騁す。無有より出でて無間に入る。吾是を以て無為の益有るを知る。不言の教へ、無為の益は、天下希に之に及ぶ。

世の中で最も柔弱なものは、世の中で最も堅強なものを追い払ってしまう。形の無いものは隙間の無いものの中に入る。自分はこういう訳で無為（行動しないこと）が有益であることを理解している。言葉に出さない教えや、何も行動しないことによる利益は、世の中の人々は滅多に知る人は無い。

第四十四章

名と身と孰れか親しき。身と貨と孰れか多き。得ると亡ふと孰れか病なる。是の故に甚だ愛めば必ず大に費え、多く蔵すれば必ず厚く亡ふ。足るを知れば辱められず、止まるを知れば殆からず、以て長久たるべし。

名誉と自分の身体と、どちらが切実な問題だろうか。自分の身体と貨財と、どちらが重要な問題だろうか。手に入れることと失ってしまうことと、どちらが悩みの種だろうか。こういう訣だから、ひどく惜しがると必ず大きく浪費することになり、物を沢山所有していると必ず甚大な損失を蒙るのである。境遇に満足しているならば恥ずかしい思いをすることが無く、欲望を抑えることが出来れば身に危険が及ぶことは無く、永久に安全である。

第四十五章

大成は欠くるが若く、其の用は敝れず。大盈は冲しきが若く、其の用は窮まらず。大直は屈するが若し。大巧は拙なるが若し。大辯は訥なるが若し。躁は寒に勝ち、静は熱に勝つ。清を知り浄を知れば、天下の正と為る。

最も完全なものは、どこか欠けている様に見えるが、その働きは駄目になることが無い。大きく欠けているものは、何の役にも立たない様に見えるが、その働きは止ることが無い。最も真直ぐなものは、曲っている様に見える。大そう技巧的なものは、まるで拙劣なものの様に見える。話上手は口下手の様に見える。身体を烈しく動かせば寒さを凌ぐことが出来るし、身体を静かに動かさずにしていれば暑さに耐えることが出来る。静かという事を理解し汚れの無い事を理解すれば、世の中の指導者に成れるのである。

第四十六章

天下に道有れば、走馬を却けて以て糞す。天下に道無ければ、戎馬は郊に生る。罪は欲すべきより大なるは莫し。禍は足るを知らざるより大なるは莫し。咎は利を欲するよりも憯きは莫し。故に足るを知るの足るは常に足る。

世の中に人が守るべき道徳が行われていれば、足の早い軍馬として使わずに、農耕に従事させる。世の中に人が守るべき道徳が行われていなかったならば、耕作用の馬は軍馬として農村から取り立てられる。罪というものは物を欲しがるより大きい罪は無い。禍というものは境遇に満足しないことよりも大きい禍は無い。災難は利益を欲しがることから起るよりも大きいものは無い。だから境遇に満足するという満足をしていれば、いつも満足できるのである。

第四十七章

戸を出ずして天下を知る。牖を窺はずして、天の道を見る。其の出ること彌ゝ遠ければ、其の知ること彌ゝ少なし。是を以て聖人は行かずして知り、見ずして名に、為さずして成る。

家から出なくても世の中の状勢が分る。窓から外の様子を見なくても天の働きがどうなるのかを知ることが出来る。外へ出かけて益ゝ遠くまで行き知識を増そうとすると、却って得られるものが益ゝ少なくなるものである。そういう訣だから、聖人（最高の人格者）は外に出かけなくても世の中の事を知っているし、見なくてもハッキリ分っているし、殊更に仕事をしなくても自然に仕事が完成するのである。

第四十八章

学を為せば日に益し、道を為せば日に損す。之を損して又損し、以て無為に至る。無為にして為さざる無し。故に天下を取る者は常に事無きを以てす。其の事有るに及べば、以て天下を取るに足らず。

学問をすると日に日に知識が増して行くが、道（宇宙の法則）に従った生活をしていると色々な欲望が日に日に減って行く。欲望を減らして又減らして行くと、欲望が起らない無為の境地に到達する。欲望が無い境地に到達すると、どんな事でも成し遂げられる。だから世の中を治める者は常に何事も無い状態で対処する。何か事を解決しようと努力する様であれば、世の中を治める資格は無いのである。

第四十九章

聖人は常の心無く、百姓の心を以て心と為す。善なる者は吾之を善とす。不善なる者は吾亦之を善とす。善を得たるなり。信ずる者は吾之を信ず。信ぜざる者は吾亦之を信ず。信を得たるなり。聖人の天下に在るや、歙歙焉として天下の為に其の心を渾す。百姓は皆其の耳目を注ぐ。聖人は皆之を孩とす。

聖人（最高の人格者）は、いつも自分自身を主とする心を持っているのではなく、世の人々の心を自分の心としている。善良な人は、自分でも其の人自身を善良だと思っているが、善良でない人も又自分では其の人自身を善良だと思っている。善の本質が分っているからである。信頼できる人は、自分でも其の人自身を信頼できると思っている。信頼できない人も又自分では其の人自身を信頼できると思っている。信頼ということの本質が分っているからである。聖人が世の中にいる時は、慎重に世の中の為に心を使っている。人々は皆、聖人に就いて見たり聞いたりするのである。聖人はすべての人々を乳幼児の様な純真な心にさせるのである。

第四十九章

第五十章

生に出て死に入る。生の徒は十有三。死の徒は十有三。而して民の生に生きて動き、動きて皆死地に之くも、亦十有三なり。夫れ何の故か、其の生に生くることの厚きを以てなり。蓋し聞くに摂生を善くする者は、陸行して兕虎に遇はず、軍に入りて甲兵を被らず。兕は其の角を投ずる所無く、虎は其の爪を措く所無く、兵は其の刃を容るる所無し。夫れ何の故ぞや、其の死地無きを以てなり。

此の世に生れ出て、あの世に入って行く（のが人生である）。生き続ける仲間は十人中で三人である。すぐに死んでしまう仲間は十人中で三人である。そうして人が生きて活動し、活動して皆死んで行く者も又、十人中で三人である。それは如何いう理由だろうか。その生命を保つことが手厚い為である。なお聞く所では、自分の生命を大切にしている者は、陸地を旅していても兕（一角獣）や虎に出あうことも無く、戦闘に巻き込まれても武装した兵士に傷つけられることも無い。兕は其の角（つの）を突き刺す隙（すき）を見出せず、虎は其の爪（つめ）で引き裂く隙を見出せず、兵器は其の鋭い切れ味の刀の刃を切りつける隙を見出せない。それは如何（どう）いう理由だからだろうか。其れは死ぬような条件の所に居ないからである。

第五十一章

道之を生む。徳之を畜ふ。物之を形づくる。勢ひ之を成す。是を以て万物は道を尊ばざるは莫くして徳を貴ぶ。道の尊く、徳の貴きは、夫れ之を爵すること莫くして常に自から然り。故に道之を生み、徳之を畜ひ、之を長じ之を育て、之を亭し之を毒し、之を蓋し、之を覆ふ。生みて有せず、為して恃まず、長じて宰せず、是を玄徳と謂ふ。

道（宇宙の法則）が万物を生み出している。徳（すぐれた行為）が万物を養っている。万物が道を色々な形にしている。環境が万物を完成させている。そういう訣だから万物が道を尊ばないことは無く、徳を貴んでいる。道が尊く、徳が尊いのは、そもそも道に位を与えたりせずに、いつも自然の状態でいるからである。だから道が万物を生み、徳が万物を成長させ、万物を養って万物を育て、万物を育てることによって大きな効果を挙げて、万物の上に立って万物に力が行き渡っているのである。生み出しても其れを所有せず、自己の力で活動しても他の力を借りようとせず、万物が成長しても其れを支配しようとしていない。こう言うのを玄徳（げんとく）（大きい徳）と謂うのである。

第五十二章

天下に始め有り、以て天下の母と為る。既に其の母を知り、復其の子を知る。既に其の子を知り、復其の母を守る。身を歿するまで殆からず。其の兌を塞ぎ、其の門を閉づ。身を終るまで勤めず。其の兌を開き、其の事を済せば、身を終るまで救はれず。小を見るを明と曰ふ。柔を守るを強と曰ふ。其の光を用ひて、其の明に復帰すれば、身の殃を遺す無し。是を習常と謂ふ。

世の中には始めに道が有って、それが世の中の万物を生み出す母となっている。其の母親のことが分れば、其の子である万物のことが分る。其の子である万物のことが分れば、其の母親である道を守ることが出来る。此の世の生を終えるまで何の危い事も無い。其の兌（欲望の穴）を塞いで、其の門（欲望を求める心）を閉じることだ。一生涯苦労をせずに済むことだろう。其の兌を開き、欲望のままに行動すれば、一生涯苦労から逃れられないだろう。小さな物が良く見えるのを明（めい）と言う。柔弱（じゅうじゃく）なものを守る力を強（きょう）と言う。道を守る者が一筋の光明を見出すことによって其の明（めい）に復帰するならば、身に殃（わざわい）を残すことは無い。是（これ）を習常（しゅうじょう）（道の本質に戻る）と言うのである。

第五十三章

我をして介然として知有らしめば、大道を行くに惟施をのみ是畏る。大道は甚だ夷かなるに、而るに民は径を好む。朝甚だ除ならば、田は甚だ蕪れ、倉は甚だ虚し。文采を服し、利剣を帯び、飲食に厭き、資貨余り有るは、是を盗夸と謂ふ。盗夸は非道なるかな。

自分にほんの少しでも認識を持たせてくれるなら、大道を行くのに（立派な政治を行なうのに）ただ間違った道にならない様に注意したいと思う。大道はとても平坦な良い道なのに、人民は小道が好きな様だ。朝廷（中央政府）が華美を好んでいるならば、人民社会では田畑は荒れ放題となるし、倉庫には何も入っていなくなる。朝廷の役人たちが贅沢な服装をして、立派な刀剣を帯びて、飲み物や食事を飽きるほど味って、財貨が有り余るほど身につけていれば、それを盗夸（大泥棒）と言うのだ。盗夸は道（宇宙の法則）に外れた行為なのだ。

第五十四章

善く建つる者は抜けず、善く抱く者は脱せず、子孫の祭祀は輟まず。之を身に修むれば、其の徳は乃ち真なり。之を家に修むれば、其の徳は乃ち余りあり。之を郷に修むれば、其の徳乃ち長し。之を邦に修むれば、其の徳乃ち豊かなり。之を天下に修むれば、其の徳乃ち普し。故に身を以て身を観、家を以て家を観、郷を以て郷を観、邦を以て邦を観、天下を以て天下を観る。吾何を以て天下の然るを知らんや。此れを以てなり。

立派に徳（すぐれた人格）を身につけている者は徳を身から抜け落すことは無いし、立派に徳によって行動する者は徳に背く行動はしないし、そういう人の子孫が先祖の祭りを絶やすことは無い。道（宇宙の法則）を身につければ、其の人の徳は真実である。道を家庭に信奉すれば、その徳は十二分である。道を村里で信奉すれば、その徳は長く続くことである。道を国家が信奉すれば、その徳は豊かになる。道を天下（世界中）が信奉すれば、其の徳は世界中に広まるのである。だから自分の身を顧（かえり）みて他人の身を見、自分の家を顧みて他人の家を見、自分の村里を顧みて他の村里を見、自分の国を顧みて他の国を見、自分の置かれている世界を顧みて他の世界を見るべきである。自分が如何（どう）してそう言う事を知っているのかと言うのか。右に挙げた例からである。

第五十五章

含徳厚き者は之を赤子に比すなり。蜂蠆も螫さず。猛獣も拠らず。攫鳥も搏たず。骨弱く筋柔くして握ること固く、未だ牝牡の合を知らずして朘作るは、精の至りなり。終日号びて嗌嗄れず、和の至りなり。和を知るは常。常を知るを明。生を益すは祥。心の気を使ふは強。物壮なれば則ち老ゆ、之を不道と謂ひ、不道は早く已む。

徳（すぐれた人格）を厚く身につけている者は乳幼児の様である。蜂や毒虫が刺すこともない。猛獣が傷つけることもない。凶悪な鳥が襲いかかることもない。乳幼児の骨は弱く筋肉は柔かであるが物を握ることはしっかりしていて、まだ男女の交りの事は知らないのに性器が固くなるのは、精気が盛んだからである。一日中泣き叫んでいても声が涸れることが無いのは、柔和な気に拠るものである。此の柔和の気は、つまり常（事物発展の法則）である。常ということを理解できるのは明（すぐれた知識）である。生（物を貪る心）

が強くなることを祥（災い）と言う。欲望の心が精神を支配する状況は強と言う。物事は勢いが強ければ、やがて衰えて行くが、此れを不道（道の規律に背いている）と言い、不道では何事も早く終ってしまう。

第五十六章

知る者は言はず、言ふ者は知らず。其の兌を塞ぎ、其の門を閉ぢ、其の鋭を挫き、其の紛を解き、其の光を和げ、其の塵を同じくす、是を玄同と謂ふ。故に得て親しむべからず、亦得て疏なるべからず、得て利なるべからず、亦得て害なるべからず、得て貴なるべからず、亦得て賤なるべからず。故に天下の貴と為る。

深い知識の有る人は口に出して言わないが、口に出して言う者は深い知識は無いのだ。人の兌（感覚器官など）を塞ぎ、門（情欲など）を閉じて、其の鋭（気負い）を無くして、紛争を解決し、持っている才能を表に出さず、人々の水準と同じ様にするのは、玄同（道に同じ）と言うのである。だから取り立てて親しくすべきではないし、取り立てて疎遠になってはならないし、取り立てて利益になることも無いし、取り立てて損害を与えることも無いし、取り立てて貴い地位になることも無いし、取り立てて賤しい地位になることも無い。だから此の様な人柄(ひとがら)の人は、世の中で貴い地位の人と成るのである。

第五十七章

正を以て国を治め、奇を以て兵を用ひ、無事を以て天下を取る、吾奚ぞ以て天下の其れ然るを知らんや。天下に忌諱多くして、民弥〻貧し。人に利器多くして、国家滋〻昏し。民に伎巧多くして、奇物滋〻起る。法令滋〻彰かにして、盗賊多く有り。故に聖人の云はく、我れ無為にして民自から化し、我れ静を好みて民自から正しく、我れ事無くして民自から富み、我れ欲無くして民自から樸なり、と。

正しい指導によって国を治め、巧みな方法で軍隊を指揮し、物事に関わらない態度で世の中をうまく治める、自分がどうしてそういう政治の事を知っているのかと言うのか。世の中に禁令が多く有れば、人々の暮しは益〻貧しくなる。人民に鋭利な武器が多く有れば、国は益〻混乱するのだ。人民が技術を多く使う様になると、変った事が益〻ふえて行く。法律が次ぎ次ぎと作られると、法律に違反する盗賊が益〻ふえるのである。だから聖人

(最高の人格者）が言っている様に、自分が何も行動しなければ人民は自然に良い状態に感化されて行き、自分が物事を静かに見ていれば人民は自然に正しく行動する様になり、自分が何も行動していなければ、人民は自然に豊かな暮しになり、自分が何の欲望も持たなければ、人民は自然に質素な生活になるのだ。

第五十七章

第五十八章

其の政の閔閔たれば、其の民醇醇たり。其の政の察察たれば、其の民缺缺たり。禍は福の倚る所、福は禍の伏す所なり。孰か其の極を知らん。其れ正邪無し。正は復奇と為り、善は復妖と為る、人の迷ひや、其の日固に久し。是を以て聖人は方にして割かず、廉にして劌らず、直にして肆せず、光れども耀かず。

其の国の政治が憐れみ深ければ、其の国の人民たちは誠実である。其の国の政治が酷しく厳格であれば其の国の人民たちは狡猾である。禍には福が寄り添っているし、福には禍が隠れているのである。誰が其の結末を知っているだろうか。其れは何が正しく何が間違っているかという区別を立てられないものなのだ。正しいことは邪悪なことと成り、善は悪に成るのである。人々の心の迷いは、もう長い月日が経っているのである。こういう訣だから聖人（最高の人格者）は方形（四角）ではあるが角が立たず、角が有っても尖ってはなく、真っ直ぐではあるが引き伸ばしたりせず、光っていてもキラキラ輝かないのである。

第五十八章

第五十九章

人を治め天に事ふるは嗇に若くは莫し。夫れ惟だ嗇なり、是を以て早く復す。早く復するは、之を重ねて徳を積むと謂ふ。重ねて徳を積めば則ち克たざること無く、克たざること無ければ則ち其の極を知ること莫し。其の極を知ること莫ければ、以て国を有つべし。国を有つの母は、以て長久なるべし。是を根を深くし蔕を固くする長生久視の道と謂ふ。

人々を統治し天（道）に従うのは嗇（物惜しみ）の心が最も大切である。そもそもただ嗇の心を失ってはならない。そういう訣だから早く天の道を回復できるのである。早く回復できるとは立派な徳（人格）を積み重ねることだと言える。重ねて徳を身に積めば、どんな物事にも勝てない場合などは無い。物事に打ち勝つことが出来なければ、自分の力の限界を知ることは出来ない。自分の力の限界を知ることができない程大きければ、国家を統治することが出来るだろう。国家を統治する根本の道は永久に保たれることであろう。此の事を根を深くして蔕（たい）（手触（てざわ）り）を固くする様な長生久視（ちょうせいきゅうし）（長寿で元気に暮す）の道（原則）と言うのである。

第五十九章

第六十章

大国を治むるは小鮮を烹るが若し。道を以て天下を莅む者は、其の鬼も神せず。其の鬼の神せざるに非ずして、其の神は人を傷つけず。其の神の人を傷つけざるに非ずして、聖人も亦人を傷つけず。夫れ両ながら相ひ傷つけず、故に徳交〻帰すなり。

大きな国家を治める方法は、小さな魚を煮る様なもので、やたらに掻き混ぜてはならない。道（宇宙の法則）に従って世の中を治めようとする者には、世の中に災禍を与える鬼も其の霊魂を働かせることが出来ないのである。其の鬼が霊魂を働かせないばかりか、其の霊魂は人を傷つけたりしない。其の霊魂が人を傷つけたりしないばかりか、聖人（最高の人格者）も人を傷つけたりしない。そもそも鬼や聖人が両方とも人々を傷つけなければ、結果として其の恩恵が人々に及ぶのである。

第六十一章

大国は天下の下流にして、天下の交(まじわ)る所なり。天下の牝(ひん)は、牝の常に静(せい)を以て牡(ぼ)に勝つは、其の静を以ての故に下(くだ)るを為せばなり。故に大国は小国に下るを以て、則ち小国を取る。小国は大国に下るを以て、則ち大国を取る。或は下りて以て取る。或は下りて取らる。大国は兼ねて人を畜(やしな)はんと欲するに過ぎず、小国は入りて人に事(つか)へんと欲するに過ぎず。両者の各ゝ(おのおの)其の欲する所を得(う)。故に大(だい)なる者は宜しく下と為(な)るべし。

大国は世の中の下流（河川が流れ着く所）であって、世の中の色々な物事が集まる所なのである。世の中の生物(いきもの)は、雌(めす)が常に静かに雄(おす)を受け容(い)れることによって雄に勝っているのは、それが静かな態度で雄に下っているからである。だから大国は小国よりも下位に立つことによって小国を自分の国に取り込み、小国は大国の下位に立つことによって、大国を自分の国としてしまう。下位に立って相手国を取る場合が有る。下位に立って相手国に取られることも有る。大国は広く人民たちを養おうとしているだけの事で、小国は大国に取り入って其の指示に従おうとしているだけの事である。大国も小国も互いに望んでいる事が叶えられた事になる。だから大きい者は下位に立つのが宜しいと言えよう。

第六十二章

道は万物の奥なり。善人の宝にして、不善人の保(やす)んずる所なり。美言(びげん)は以て尊(そん)を市(と)るべく、美行は以て人に加(くわ)ふべし。人の不善は、何の棄(す)つるか之(これ)有らん。故に天子を立て、三公を置き、拱璧(こうへき)有りて以て駟馬(しば)に先んずると雖も、坐して此の道を進むるに如(し)かず。古(いにしえ)の此の道を貴(たっと)ぶ所以(ゆえん)は何ぞや。求めて以て得(え)、罪有りて免(まぬか)ると曰(い)はずや。故に天下の貴(き)と為(な)る。

道（宇宙の法則）は万物の奥深くに存在する。善人（正しく生きている人）にとっての宝物であり、不善の人にとっても保護されているものである。美言(びげん)（立派な内容の言葉）は人々の尊敬が得られるし、美行(びこう)（立派な行動）は人々に役立つものである。人が不善であっても、どうして道を捨て去ることが出来るだろうか。だから道は天子（君主）を定め、三公（太師・太傅(たいふ)・太保）を置き、両手で持つ程の大きい宝石が有って四頭立ての馬車（貴い

身分の人の乗り物）の前に立って奉ったとしても、跪いて此の道に就いて進言する事には及ばないのである。昔の人が此の道を貴んだ理由は何だったのだろうか。道を求めて道から得られるものが有ったたし、罪が有る者でも道の力で罰を免かれたと言うではないか。だから道は世の中で貴いものとされているのである。

第六十三章

無為を為し、無事を事とし、無味を味はひ、小を大とし少を多とし、怨みに報いるに徳を以てし、難を其の易きに図り、大を其の細に為む。天下の難事は必ず易きより作り、天下の大事は必ず其の細より作る。是を以て聖人は終に大を為さず、故に能く其の大を成す。夫れ軽く諾ふ者は必ず信寡し。易きこと多き者は必ず難きこと多し。是を以て聖人は之を難しとす。故に終に難きこと無し。

無為（何もせず自然のまま）を為し、無事（何も仕事をしない）を仕事とし、無味（味の無いもの）を味わい、小さい事を大きいとし、少ないものを多いとし、怨みに仕返しをするのに徳（恵み深いこと）を返し、難かしい事を容易な事として計画し、大きい事はそれが未だ細かい間に解決する。世の中の難かしい事は必ず簡単な事から始まり、世の中の大事件は必ず些細な事から発生する。こういう訣だから聖人は最後まで大きい仕事をせず、そ

の為(ため)に大きな仕事を完成する。そもそも簡単に承諾する者は必ず信用出来ない。簡単な事ばかり為(し)ている者には必ず難かしい事が多い。そういう訣(わけ)だから聖人はまだ此の仕事の完成は難かしいとしている。その為(ため)に最後には難かしい事が無くなるのである。

第六十四章

其の安きときは持し易く、其の未だ兆さざるときは謀り易く、其の脆きときは破り易く、其の微なるときは散じ易く、之を未だ有らざるときに為し、之を未だ乱れざるのときに治む。合抱の木は、毫末より生じ、九層の台は累土より起り、千里の行は足下より始まる。為す者は之を敗り、執る者は之を失ふ。是を以て聖人は為すこと無きが故に敗るること無く、執ること無きが故に失ふこと無し。民の事に従ふに、常に幾ど成るに於て之を敗る。終りを慎しむこと始めの如くなれば、則ち敗るる事無し。是を以て聖人は欲すれども欲せず、得難きの貨を貴ばず。学ばざることを学び、以て衆人の過ぐる所に復る。以て万物の自然を輔けて敢て為さざるなり。

物事が安定している時に其の状態を維持することは容易であり、物事が表面化しない中に計画することは容易であり、物事がまだ弱く固まらない中に破棄することは容易であり、物事がまだ微小の中に散らしてしまうことは容易であり、物事がまだ存在しない中に其れを完成しようとし、物事が混乱しない中に治めるのである。幹が一抱えも有るような大木は、ほんの小さな苗木から生れたものであり、九階も有る高層建築は基礎の土を盛った所から出来たものであり、千里も行くほどの大きな旅行も足もとの一歩から始まるのである。何かを為し遂げようとする者は失敗するし、何かに執着する者は其れを見失なってしまうものである。こういう訣だから聖人は何も為し遂げようとはしないので失敗することが無く、何かに執着することが無いので其れを見失うことが無い。一般の人民が何かの仕事に従事する場合は、いつも殆ど完成しようとする段階で失敗する。最後の段階を慎重にすることが始めの段階の様に慎重であれば失敗する事など無いのである。こういう訣だから聖人は欲望することが有っても其れを欲することが無く、手に入れることが難かしい財貨を貴いと思ったりしないのである。人々が学ぼうとしない事を学び、人々が見過している事を見直すのである。そういう事で万物の自然な状態を大事にして、決して自分の力で何かを為ようとしたりしないのである。

第六十五章

古の善く道を為むる者は、以て民を明かにするに非ずして、将に以て之を愚にせんとす。民の治め難きは、其の智の多きを以てなり。故に智を以て国を治むるは、国の賊なり。智を以て国を治めざるは、国の福なり。此の両者を知るは亦楷式なり。能く楷式を知るは、是を玄徳と謂ふ。玄徳は深し遠し。物と反す。乃ち大順に至る。

昔の、道を十分に身につけている人は、それで人民が聡明に成る様に導いたりはせず、人民たちが愚かで質樸になる様に指導した。人民を治めるのが難かしいのは、人民たちが多くの知識を持つからである。だから人民の知識を広めて国を治めようとするのは、国の前途を危くすることになる。知識を広めて国を治めないのは、国の前途にとって幸福である。此の二つの政治の方法を知ることは政治の法則なのである。十分に其の法則を知ることは、此れを玄徳（最高の道徳）と言うのである。玄徳は奥深いし永遠である。それは一般の物事と反対のことである。つまり自然の境地に行き着くものである。

第六十六章

江海の能く百谷の王為る所以は、其の善く之に下れるを以てなり。故に能く百谷の王と為る。是を以て聖人は民に上たらんと欲すれば、必ず其の言を以て之に下る。民に先んぜんと欲すれば、必ず其の身を以て之に後る。是を以て聖人は上に処りて民は重からず、前に処りて民は害とせざるなり。是を以て天下は楽しみて推して厭はず。其の争はざるを以て、故に天下は能く之と争ふこと莫し。

大きな河や海が多くの谷川の流れが行き着く所だと言われるのは、河や海が谷川より低い位置に在るからである。だから多くの谷川の行き着く所に為っているのである。こういう訣だから聖人は人々の上に立とうと思った時には、必ず其の言葉が謙遜して人々にへり下っているのである。人々の先に立とうとする時は、聖人は人々よりも後について行くのである。そういう訣で聖人は人々の上に立っているのに人々は聖人を重苦しい存在とは感

じないのである。聖人が前にいても、人民たちは邪魔だと思わないのである。そういう訣だから人々は楽しく聖人を推戴（すいたい）していて嫌ったりせず、聖人が何に対しても争ったりしないので、人々も聖人と争ったりしないのである。

第六十七章

天下皆我が道は大にして、不肖に似たりと謂ふ。夫れ惟大なり、故に不肖に似たり。若し消れば、久しいかな其の細たること。我に三宝有り、宝として之を持す。一に曰く慈、二に曰く倹、三に曰く敢て天下の先を為さず。夫れ慈なるが故に能く勇なり。倹なるが故に能く広し。敢て天下の先を為さず、故に能く器の長と成る。今慈を舎てて且つ勇に、倹を舎てて且つ広く、後を舎てて且つ先たらば、死せん。夫れ慈にして以て戦へば則ち勝ち、以て守れば則ち固く、天の将に之を救はんとするは、慈を以て之を衛ればなり。

世の人々は皆、私が唱えている道（宇宙の法則）は余りに大きいもので、私はまるで馬鹿の様だと言っている。それは本当に大きいものだから、馬鹿気たことの様に見える。もしも馬鹿気たものだとすればずいぶん昔から詰らないことだったと言えよう。自分には三

つの宝物が有る。宝物として大事に持っているものだ。一つは慈（いつくしみ）と言い、二つ目は倹（つつましやか）と言い、三つ目は「決して世の人々の先頭に立たないこと」である。そもそも慈の心が有るから何事にも勇敢に立ち向えるのだ。倹の心が有るから広く人々に恵むことが出来る。「決して世の人々の先頭に立たない」ので人々に推されて色々な分野の責任者に成るのである。今、慈の心を捨てて勇敢に行動し、倹の心を捨てて広く人々に恵み、人々の後につかずに先頭に立つならば、死んでしまうだろう。そもそも慈の心を抱いて戦うならば勝つことが出来るし、慈の心で守備すれば固く守ることが出来る。天が此れを助けようとするのは、慈の心で守っているからである。

第六十八章

善く士たる者は武ならず。善く戦ふ者は怒らず。善く敵に勝つ者は争はず。善く人を用ふる者は之が下と為る。是を不争の徳と謂ひ、是を人を用ふるの力と謂ひ、是を天に配すと謂ひ、古の極みなり。

腕節の強い武士は強そうには見えない。戦いに強い者は腹を立てたりしない。いつも敵と戦って勝つ者は人と争ったりしない。人をうまく使う者は人よりも低い立場にいる。此れを不争の徳（人と争わない人格）と言い、此れを他人の力を利用する能力と言い、此れを天（自然の力）に並ぶことだと言い、昔から此の事に附け加える事は何も無い。

第六十九章

兵を用ふるに言有り、吾敢て主と為らずして客と為る。敢て寸を進めずして尺を退く。是を行に行無く、攘ふに臂無く、仍るに敵無く、執るに兵無しと謂ふ。禍は敵を軽んずるより大なるは莫く、敵を軽んずれば吾が宝を喪ふに幾し。故に抗兵の相ひ加ふれば、哀しむ者は勝つ。

軍隊を指揮するのに、言われている事が有るが、自分が決して先に攻撃するのではなく、敵軍が攻めて来たのに対して応戦するのである。決して一寸も軍隊を進めたりせずに、一尺（十寸）も退却させることだ。此の事を、行（陣形）には決った行が無く、臂で払っても払う臂が無い様にするし、重ねて撃つべき敵も無く、手に取るべき武器も無い状況だと言うのである。災禍に遭うのは敵軍が弱いと侮ることより大きな禍は無く、敵軍を侮ることは自分の大切な宝物を失う様なものである。だから両軍の力が釣り合っている時は、

第六十九章

悲憤している側が勝利するのである。

第七十章

吾が言は甚だ知り易く、甚だ行ひ易し。而るに天下は能く知ること莫く、能く行ふこと莫し。言に宗有り、事に君有り。夫れ惟知ること無く、是を以て我を知らず。我を知る者希なれば、則ち我は貴し。是を以て聖人は褐を被りて玉を懐く。

私の言葉は非常に分り易く、実行することも非常に簡単である。それなのに世の中の人々は理解が能く出来なくて、実行することは無いのである。言葉には主旨が有り、事を行う場合は主宰者が有る。そもそも惟知らないから、そういう訣で私の事も知らないのである。私のことを知る者は非常に少ないので、私の存在は貴重である。そういう訣だから聖人（道を身に備えた人）は、粗末な衣服を着ていても、心には宝石を抱いていると言えよう。

第七十一章

知りて知らざるは上にして、知ることを知らざるは病なり。夫れ惟病を病とせば是を以て病まず。聖人は病まず、其の病を病とするを以て、是を以て病まず。

宇宙の法則の道に就いて理解しているのに知らない様にしているのは好ましいことであり、理解すべき道に就いて知らないのは欠点である。そもそも惟欠点を欠点だとするならば、そういう事で欠点にはならない。聖人は欠点など無いが、道に就いての理解が無いことを欠点とすることを欠点だと知っていて、そういう訣で聖人は欠点など無いのである。

第七十二章

民、威を畏れざれば、則ち大威至る。其の居る所を狭しとすること無く、其の生くる所を厭ふこと無かれ。夫れ惟厭はず、是を以て厭はれず。是を以て聖人は自から知りて自から見さず、自から愛して自から貴ばず、故に彼を去り此れを取る。

人民たちが法律などの権威を恐れなければ、もっと大きな権威や災禍が迫って来るだろう。其の住居が狭いとすることが無く、其の生活を嫌ったりしてはならない。そもそも惟嫌ったりしなければ、そういう事で嫌われることが無い。そういう訣で聖人（道を身につけた人）は自分で物事の状況を知っていても自分から知識を人に見せることは無いし、自分で大切にしていても自分を貴い存在であるとせず、それで日常的な問題は捨て置いて清らかな境地を大事にするのである。

第七十三章

敢に勇なれば則ち殺し、不敢に勇なれば則ち活かす。此の両者は或は利或は害。天の悪む所は、孰か其の故を知らん。是を以て聖人は猶之を難しとす。天の道は、争はずして善く勝ち、言はずして善く応じ、召さずして自から来り、坦然として善く謀る。天網恢恢、疏にして失はず。

敢（思い切り）に勇（気力十分）であれば人を殺せるし、不敢（ためらい）に勇（心を使う）であれば人を活かすものである。此の敢と不敢とは、不敢ならば利益が有り、敢ならば害が有る。天（自然の支配者）が憎み嫌っている所は、誰が其の理由を知っているだろうか。そういう訣だから聖人でも其の理由を知ることは難かしいとしている。天の道（自然の法律）は、争わずに勝つことが出来るし、言葉に出さなくても応答が出来るし、呼び出さなくても自分から来るし、穏かに計画することが出来るのである。天網（自然の制裁）

の網目（あみめ）は広いが、網目が粗（あら）くても罰すべき者を漏らすことは無いのである。

第七十四章

民の常に死を畏(おそ)れざれば、奈何(いかん)ぞ死を以て之を懼(おそ)れしめん。若(も)し民をして常に死を畏れしめ、而(しか)して奇を為す者は、吾得(われえ)て執(とら)へて之を殺す。孰(たれ)か敢(あえ)てせん。常に殺(さつ)を司(つかさど)る者の殺有り、夫(そ)れ殺を司る者に代りて殺(ころ)すは、是れ大匠(たいしょう)に代りて斲(き)る者と謂ふ。夫(そ)れ大匠(たいしょう)に代りて斲(き)る者は、希(まれ)に其の手を傷つけざること有り。

人民たちがいつも死ぬことを恐ろしく思わなければ、どうして死ぬということで人民たちを恐れさせることが出来るだろうか。もし人民にいつも死を恐れさせて、邪悪な事を為(し)た者を、自分が逮捕して其の者を殺してしまう。誰がわざわざ其の様な事をするだろうか。いつも殺す事を任務としている者が（罪人を）殺すことが有るが、そもそも殺す事を任務としている者に代って殺そうとする事は、此れは、大匠(たいしょう)（腕の良い大工(だいく)）に代って材木を切る者で、其の手を傷つけない場合は非常に少ないのである。

第七十五章

民の飢は、其の上の税を食むことの多きを以てなり。是を以て飢ゆ。民の治め難きは、其の上の為す有るを以てなり。是を以て治め難し。民の死を軽んずるは、其の生の厚きを求むるを以てなり。是を以て死を軽んず。夫れ惟生を以て為すこと無き者は、是生を貴ぶより賢れり。

人民が飢に苦しむのは、其の人民たちの君主が税金を重く取り立てているからである。そういう訣だから人民が飢に苦しむのである。人民たちを治めるのが難かしいのは、其の人民たちの君主が色々な施策を講ずるからである。そういう訣だから却って治めるのが難かしいのである。人民たちが死を軽々しく考えているのは、其の生活が豊かになることばかり望んでいるからである。そういう訣だから死を軽々しく考えているのである。そもそも生活することだけを考えていない者は生活が大事なことだと考えている者よりは優れた人物である。

第七十五章

第七十六章

民の生くるや柔弱、其の死するや堅強なり。草木の生くるや柔脆、其の死するや枯槁なり。故に堅強なる者は死の徒にして、柔弱なる者は生の徒なり。是を以て兵強ければ則ち勝たず、木強ければ則ち折らる。故に堅強は下に処り、柔弱は上に処る。

人間が生きている時（肉体）は柔かく弱々しいが、人間が死ぬと身体は堅く固まってしまう。草や木が生きている時は柔かく脆いものであるが、草や木が死んでしまうと枯れてしまう。だから堅く固まっている者は死の仲間であるし、柔かく弱々しい者は生の仲間である。そういう訣だから軍隊が強ければ戦いに勝たず、樹木が強ければ風などに折られてしまう。だから堅く固まっているものは下位になるし、柔かく弱々しいものは上位になるのである。

第七十七章

天の道は其れ猶弓を張るがごときか。高き者は之を抑へ、下き者は之を挙げ、余り有る者は之を損し、足らざる者は之を補ふ。天の道は余り有るを損して足らざるを補ふ。人の道は則ち然らず。足らざるを損して以て余り有るに奉ず。孰か能く余り有るを以て天下に奉ぜん。惟道有る者のみ。是を以て聖人は為して恃まず、功成りて処らず。其れ賢を見さざるを欲するか。

天の道（自然の法則）は弓の弦を張る時の様になっているのである。高いものは抑え、低いものは引き上げ、余裕の有る場合は減し、不足している場合は補っている。天の道は余裕の有る場合は減して足りないものを補っている。人の道（一般社会の習俗）はそういう風ではない。不足している場合でも減して余裕の有るものに奉仕しているのである。一体誰が余裕の有るもので世の中に奉仕しようとするのか。ただ道（宇宙の法則）を身につ

けている者だけがそうするのである。こういう訣（わけ）だから聖人（最高の人格者）は仕事をしても手柄（てがら）にしないし、功績が上ってもその場に居ようとしないのである。それは自分の賢明さを人に見られることを望まないからだろうか。

第七十八章

天下の柔弱は水より過ぐる莫くして、堅強を攻むる者は之に能く勝ること莫く、其の以て之に易るもの無し。弱の強に勝ち、柔の剛に勝つは、天下知らざる莫く、能く行ふ莫し。是を以て聖人の言に、国の垢を受くるは、是を社稷の主と謂ふ。国の不祥を受くるは、是を天下の王と謂ふ、と。正言は反するが若し。

世の中の柔かで弱いものとして水よりも柔かで弱いものは無いが、堅固で強いものを攻める場合に水よりすぐれたものは無く、その場合に水の代りになるものは無い。弱いものが強いものに勝ち、柔かいものが堅いものに勝つということは、世の中で知らない人は無いが、そういうことが実行されていることも無い。だから聖人の言葉に、国家の恥辱を身に引き受ける者を国土の主人と言う。国家の災禍を身に引き受ける者を世の中の君主だと言うのである、と。正しい言葉は反対の事を言っている様に聞える。

第七十九章

大怨(えん)を和(わ)するに、必ず余怨有り、安(いずく)んぞ以て善(ぜん)と為すべけん。是(ここ)を以て聖人は左契(さけい)を執(と)りて人を責めず。故に徳有れば契を司(つかさど)り、徳無ければ徹(てつ)を司(つかさど)る。天道に親(しん)無し、常に善人に与(くみ)す。

大きな怨恨を和(やわら)げても、必ず怨みが残るもので、どうして怨恨を和げた事が善(よ)かったと言えるだろうか。こういう訣(わけ)で聖人は割り符(ふ)の左半分（貸し方(かた)）を持っていても負債の人を責め立てたりはしない。だから徳の有る人は割り符のことを職務とし、徳の無い人は取り立てることを職務とするのである。天道（自然の規律）に親疎(しんそ)の区別は無く、常に善人の味方をしている。

第八十章

小国寡民、民をして什佰の器を有らしめても用ひず。民をして死を重んじて遠く徙らざらしむ。舟輿有りと雖も、之に乗る所無し。甲兵有りと雖も、之を陳ぶる所無し。民をして結縄に復して之を用ひしむ。至治の極みにして、民は各〻其の食に甘んじ、其の服を美しとし、其の居に安んじ、其の俗を楽しみ、隣国相ひ望み、雞犬の声相ひ聞ゆるも、民をして老死に至るも相ひ往来せざらしむ。

小さな国で人民の数も少なければ、人民に十種類百種類の器具を与えても使用しない。人民に生命を大切にさせて遠くに移って行かない様にさせる。舟や車が有っても、其れに乗って出掛ける所は無い。武装した軍隊が有っても派兵させる所は無い。人民たちに昔の結縄（縄を結んで文字の代りにした）の時代に立ち戻って其の様な生活をさせる。こうした事は政治の最高の段階であって、人民たちはそれぞれ其の食事に満足し、其の服装が綺麗

だと思い、其の住居に安楽に暮し、其の生活習慣を楽しみ、隣国の様子が眺められて、鶏（にわとり）や犬の鳴き声が聞えていたりしても、人民たちに年老いて死ぬまで隣国と往き来をしない様にさせるのである。

第八十一章

信なる者は美ならず、美なる者は信ならず。善なる者は弁ぜず、弁ずる者は善ならず。知る者は博からず、博き者は知らず。聖人は積まず。既く人の為を以てして、己愈々有り。既く人に与ふるを以てして、己愈々多し。天の道は、利して害せず。聖人の道は、為して争はず。

真実であるものは華美ではなく、華美なものは真実ではない。善良な人間は口数が少なく、口数の多い者は善良でない。知識の有る者の見聞は広くなく、見聞が広い者は知識が無い。聖人は（徳は有るが）財産は無く、凡ゆる事を人の為に尽して、自分は益々徳を積み重ねている。人の為に自分が持っているものを与え尽して、自分は益々徳が多くなるのである。天の道（自然の法則）は、万物に利益を与えて害することは無く、聖人の道（仕事）は、様々な仕事をするが争うことはしないのである。

（全訳老子　終）

〔訳者略歴〕**田中佩刀**（たなか　はかし）

昭和２年（1927）12月　東京生れ。
昭和25年３月　東京大学文学部国文科卒業。
昭和30年３月　同大学大学院満期修了。
県立静岡女子短期大学助教授、明治大学助教授を経て、
昭和39年４月　明治大学教授
昭和41年４月　和光大学講師・理事を兼任。
平成10年（1998）３月　明治大学・和光大学を共に定年退職。
現在は明治大学名誉教授、斯文会名誉会員

〔主な著書〕『故事ことわざ』（ライオン社）、『佐藤一斎全集、第八～十巻』（明徳出版社）、『荘子のことば』（斯文会）、『言志四録のことば』（斯文会）、『中国古典散策』（明徳出版社）、『全訳 易経』、『全訳 列子』（明徳出版社）

全訳　老子

令和元年九月二日　初版印刷
令和元年九月八日　初版発行

著者　田中佩刀
発行者　佐久間保行
印刷所　㈱興学社
発行所　㈱明徳出版社

〒167-0052　東京都杉並区南荻窪一-二五-三
電話　〇三-三三三三-六二四七
振替　〇〇一九〇-七-五八六三四

　ISBN978-4-89619-847-8